La Chasse au Caribou

Arthur de Gobineau

La Chasse au Caribou

Charles Cabert était fils d'un homme devenu passablement riche dans des affaires où il était question de zinc. Il avait été élevé au collège comme tout le monde, en était sorti sans plus de science que ses camarades, et, en garçon distingué, s'était fait recevoir membre d'un club où il perdait assez d'argent pour être traité avec considération. Ses amis lui firent connaître des dames, et afin de ne pas se singulariser, il se résolut un matin à épouser une figurante.

Son père avait d'autres desseins, et il éleva contre ce projet une assez vive opposition. Pendant huit jours, le club fut tenu en haleine par les hauts et les bas de cette crise. Charles déclara qu'il épouserait, ou mettrait fin à ses jours par un de ces moyens remarquables que les progrès de la science offrent aux désespoirs modernes. Heureusement une invasion du Géronte irrité, dans son délicieux appartement de la rue Taitbout, écarta cette cruelle alternative, Charles ne se tua pas et ne se maria pas non plus ; il consentit à partir dans la semaine pour un pays quelconque. Il est à craindre que l'ancien industriel, fort agité, ne se soit abandonné à une pantomime indigne d'un galant homme.

Certaines situations sont pénibles pour les âmes délicates. Ne pas exécuter une résolution violente, annoncée à l'avance, coûte beaucoup, surtout en présence d'un monde où se trouvent toujours des gens enclins à adopter des interprétations désobligeantes.

Au fond du cœur, Charles fut pourtant satisfait que soit père ait pris des mesures pour empêcher l'impétueuse Coralie de venir lui peindre les horreurs de la situation d'une amante abandonnée ; la tendresse de son cœur en murmura, mais il y gagna du calme. Sa seule affaire resta de décider en quels lieux il allait porter sa mélancolie. Ce point voulait être pesé d'après toutes les règles de l'art.

Avant tout, l'important était de montrer à la galerie l'excès de ses souffrances.

Ceci ne pouvait s'indiquer que par la force des distractions auxquelles il aurait recours. Cette considération excluait naturellement l'idée d'un voyage sur les bords du Rhin, en Suisse, en Angleterre et même en Italie.

De telles promenades ne sauraient appeler sur ceux qui les exécutent aucune espèce d'intérêt.

Il y a peu d'années, en s'enfonçant dans la direction de l'Espagne, on aurait eu plus de chances d'ébranler les imaginations.

C'eût été s'exposer, ou mieux, paraître s'exposer à quelques fatigues insolites, et donner à entendre qu'on allait affronter les mœurs dangereuses des imitateurs de l'Impecinado.

Mais depuis la création des chemins de fer de la Péninsule, les illusions de ce genre s'affaiblissent.

Après avoir cherché quelque temps, Charles se rappela que plusieurs semaines avant la catastrophe dont il était la victime, il avait soupé chez un de ses amis avec un Anglais bon vivant, lequel avait raconté des histoires de chasse et obtenu un succès estimable par un récit très embrouillé dont Terre-Neuve avait été le théâtre ; le fait avait été jugé piquant et nouveau. Charles résolut d'aller aussi en Terre-Neuve ; c'était bien préférable à un tour en Orient, qui, dans tous les cas, vous expose à prendre un vernis d'archéologue, inconvénient à éviter. Il annonça sa résolution ; elle surprit. Personne de son intimité ne savait au juste où était Terre-Neuve, preuve frappante de la sagesse du parti auquel il s'était arrêté.

Il se composa un costume de chasse. Les bottines étaient admirables ; justes aux pieds sans les serrer, d'un cuir souple qui ne prenait pas l'humidité, pourvues de semelles fortes sans être dures, couronnées à l'exposition de 1865. Les courses à cheval devant être fréquentes à son avis, et souvent nocturnes, il fit confectionner des étriers pourvus de lanternes ; une tente d'une invention merveilleuse, pouvait au besoin servir de bateau ou de voiture, s'enfermant dans un parapluie, avec un lit, un pliant, une table, et ne prenant pas plus de place que… ce qui en peut prendre le moins. Inutile de vanter le nécessaire de toilette, il était sublime !

On pourrait toucher un mot des armes : deux fusils, deux revolvers, deux bowie-knifes, le tout de la fabrication la plus nouvelle ; mais ce serait trop s'étendre, et il suffit de constater que la somme de ces belles choses, livrées pendant huit jours, dans sa salle à manger, au jugement éclairé de ses amis, persuada Charles, par les éloges qu'elle reçut, de la sagacité et de l'esprit pratique qui avaient dirigé ses choix. Seulement, de tout cela, rien n'aurait jamais pu servir ; il y a de la différence entre la façon dont on juge les nécessités de la vie sauvage chez les fabricants de Paris et ces nécessités elles-mêmes.

Enfin, après avoir, dans un dernier dîner, déploré avec ses compagnons la rigueur de son sort, Charles Cabert monta en wagon et se trouva lancé dans le vaste monde seul avec le souvenir de son amour interrompu et ses inénarrables douleurs. Inutile de dire comment il s'embarqua sur un paquebot de la Compagnie Cunard et débarqua sur le quai de Saint-Jean de Terre-Neuve. Ces sortes de tableaux sont monotones, à moins de circonstances extraordinaires, qui ne se présentèrent pas.

Le jeune et intéressant voyageur était porteur d'une lettre de recommandation pour le consul général de Hollande, M. Anthony Harrison. Sa toilette achevée à l'auberge ou il était descendu, il s'empressa de se faire conduire chez l'homme qui devait être son conseil et son guide dans la grande entreprise à laquelle il s'était voué et dont il s'applaudissait de plus en plus d'avoir eu l'idée, prévoyant la gloire qu'il allait en recueillir.

Un domestique de l'hôtel le mena à travers des rues pavées à peu près et d'autres qui ne l'étaient pas du tout, jusqu'à un immense magasin construit en planches, où siégeait sur une chaise de paille un homme assez gros, étalant sur son genou gauche un mouchoir de poche de coton bleu et inscrivant dans un carnet grossier des chiffres que lui criaient trois commis. De çà, de là, à droite, à gauche, au fond, sur les côtés et presque sur la tête, des murailles de barils entassés les uns sur les autres contenaient de la morue sèche et salée, précieuse denrée qui fait la fortune de l'île.

— Monsieur Harrison ? demanda le touriste en ôtant son chapeau.

— 888, 955, 357, 11, 49, 2453 ! répondit une voix glapissante de l'extrémité du magasin.

— Monsieur Harrison, s'il vous plaît ? répéta Charles poliment incliné, est-ce ici que je puis le trouver ?

— Hein ? répliqua brusquement le gros homme au mouchoir de coton bleu. Qu'est-ce que vous cherchez ?

— M. Harrison, le consul général de Hollande, je vous prie ?

— C'est moi, que vous faut-il ?

— Voici, Monsieur, une lettre que M. Patterson, banquier à Paris, m'a chargé de vous remettre.

— Passez-moi ça, mon garçon !

— Quelle brute ! pensa Charles Cabert, et il donna la lettre.

— Ah ! bon ! je vois ce que c'est, dit le négociant après avoir lu. Mais je n'ai pas le temps de causer à cette heure. Venez dîner avec moi, et nous verrons ce qui vous convient. Bonjour !

Ce « bonjour » était si péremptoire et ressemblait de si près à un ordre sans réplique de débarrasser le terrain, que presque instinctivement Charles se trouva dans la rue. Sa dignité était justement froissée, et il se résolut à ne plus mettre les pieds chez un malotru de pareille espèce. Cependant il réfléchit que s'il n'allait pas chez ce malotru incontestable, il lui était difficile d'aller chez personne autre, et alors pas de chasse aux caribous ; il ne lui restait plus qu'à s'en retourner à Paris sans avoir rien fait. Cette judicieuse remarque, née de la droiture de son jugement, fit revenir Charles Cabert à des sentiments plus modérés, et décidé à se contenter d'une vengeance épigrammatique, il se tourna vers le domestique de l'hôtel. Celui-ci l'accompagnait et marchait sur la même ligne que lui. Le jeune homme demanda d'un ton méprisant :

— Qu'est-ce que c'est que ce Harrison ?

— Harrison ? répondit l'irlandais ; c'est un homme comme vous ne devez pas en avoir beaucoup dans votre sale Europe, je vous en réponds. Il a donné cette année cinq cents livres pour les travaux de la cathédrale, mille pour les écoles ! Il fait peut-être travailler, à l'heure qu'il est, plus de quinze cents personnes, et, avec l'aide de l'évêque, pas un homme ne le vaut dans le gouvernement colonial ! Harrison ? Est-ce que vous ne connaissez pas Harrison dans votre pays ? Alors, qu'est-ce que vous connaissez donc ?

— Auriez-vous la prétention de croire, mon cher ami, répliqua Charles un peu stupéfait de l'outrecuidance patriotique de son suivant, que l'on s'occupe à Paris des grands hommes de Terre-Neuve ?

— Vous pouvez bien avoir envie de faire les fiers, je ne dis pas, riposta l'homme ; il est cependant assez connu que nous vous avons fait mettre les pouces dans l'affaire des pêcheries et qu'il n'est pas un de vos royaumes ou empires du vieux monde qui ne commence à trembler quand l'Amérique lui parle. Vous imaginez-vous que nous ne le savons pas ?

« Ah çà, mais les consuls généraux et les domestiques me paraissent ici fort extraordinaires », pensa Charles. Il garda cependant le silence, jugeant trop enfantin de se compromettre avec un valet de place, lequel d'ailleurs continuait à marcher à ses côtés en sifflant philosophiquement.

À six heures, on annonça au brillant Parisien la voiture de M. Harrison. D'après les précédents, il se préparait à monter dans une charrette ; mais ce fut un délicieux coupé dont un groom en livrée marron et rouquine lui ouvrit la portière, et il n'avait pas encore fini d'apprécier et de louer en connaisseur le capitonnage de la boîte roulante, que les chevaux s'arrêtèrent à la porte d'un cottage d'une élégance parfaite.

Au milieu de la verdure, des fleurs, des plantes grimpantes, six marches de granit gris, apportées du continent, menaient à un palier entouré de vitrages où Harrison lui-même, enceint d'un vaste habit bleu, était établi sur ses fortes jambes.

— Oh ! oh ! mon jeune homme ! arrivez donc, arrivez donc ! cria l'homme considérable en étendant sa vaste main, dont la circonférence parut à Charles contenir plus de cinq doigts ; arrivez donc, vous dis-je, vous êtes en retard ! Et tandis que de la dextre le négociant serrait ce que contenait le gant de son hôte de façon à l'aplatir à jamais, de la gauche il saisissait l'infortuné par l'épaule, le faisait tourner sur lui-même avec la facilité d'un toton, et le mettait en présence de six jeunes demoiselles et de huit jeunes gens dont le moindre le dépassait d'un demi-pied.

— Mes enfants ! dit Harrison.

Au fond, sur un canapé, siégeait une respectable dame, remarquable par une dent incisive décidément brouillée avec ses compagnes et débordant la lèvre inférieure de plus de quatre lignes. Cette dame était décorée d'un immense bonnet à coques, et portait avec une majesté douce une robe de soie noire et une montre attachée à une énorme chaîne d'or.

— Ma femme ! cria Harrison.

Enfin, contre la fenêtre, debout, se tenait une espèce de géant, quelque chose de pareil au Caligorant du Pulci, un gaillard large comme est long un enfant de huit ans, avec une tête monstrueuse, couverte d'une forêt de cheveux bruns à demi gris, bouclés dru les uns sur les autres, et qui, enveloppé, Dieu sait comme ! d'un habit noir dont on eût pu habiller quatre personnes raisonnables, le cou très à l'aise dans une cravate bleu clair, regardait avec des yeux de même couleur la personne du nouvel arrivant.

— Mon ami M. Georges Barton, à qui vous allez avoir affaire ! s'écria encore Harrison en terminant le cercle de ses présentations.

Charles était ahuri. Il salua à droite, il salua à gauche ; les femmes répondirent, les hommes peu, et l'on passa immédiatement dans la salle à manger.

Un essai de conversation avec madame Harrison amena celle-ci à des confidences. Depuis plusieurs années, elle souffrait de maux de dents extrêmement répétés ; elle en décrivit avec douceur les principales singularités, et s'enquit des connaissances de son auditeur dans la matière. Celui-ci s'efforça de répondre à cette confiance en indiquant des spécifiques ; mais imparfaitement préparé à une pareille discussion, il se vit obligé, pour ne pas rester absolument au-dessous de son rôle, de toucher quelques mots de la Revalescière Dubarry, et il s'étendait avec conviction sur l'éloge de cette substance, quand le bruit de la conversation générale devint si fort qu'il se tourna à demi pour écouter.

Madame Harrison le voyant inattentif, laissa tomber l'entretien avec résignation, et il fut tout entier aux propos qui s'échangeaient avec de puissants éclats de voix, des éclats de rire, des éclats d'indignation et de temps en temps un coup de poing violemment asséné sur la table, ce qui faisait sauter tout ce qui était dessus.

— Et c'est ce que je lui ai dit ! hurlait le fils aîné, William. Je lui ai dit : Les presbytériens sont des ânes, et il est très connu que les méthodistes ne valent pas mieux, et bien qu'aux dernières élections nous ayons consenti à voter à Plaisance pour leur candidat Nigby, ça ne signifie pas que nous recommencerons toujours ! Si nous avons été battus dans le dernier vote, c'est que cette canaille s'est laissé gagner par l'argent des puritains !

— Je vous l'avais annoncé d'avance, moi ! interrompit Édouard Harrison ; mais Henry que voilà prétendait qu'il n'y avait pas de risques.

— C'est à cause de Harriett Poole, s'écria la voix argentine de miss Louisa.

Cette observation suscita un rire général.

— Ce n'est pas à cause de Harriett Poole, et si c'était à cause de Harriett Poole, je ne verrais là rien de plus étonnant que lorsque Louisa passe la moitié de ses journées chez Virginie Beyley pour causer avec Tom Beyley, qui est anabaptiste !

— Ça n'est pas vrai ! riposta Louisa en rougissant jusqu'aux oreilles au milieu de nouveaux éclats de rire.

— Ah ! ma chère, murmura sa sœur Jenny assez haut pour être entendue, vous savez bien que si !

La voix d'Harrison domina le tumulte :

— Je suis, s'écria-t-il, de cette opinion qu'il faut en finir, et je me promets de dire à l'évêque, en propres termes : Il est fort désagréable, sans doute, de traiter avec les épiscopaux ; mais si nous voulons une bonne fois terminer cette question qui touche aux intérêts les plus sacrés de la colonie, je veux dire l'exportation de la morue et la restriction du commerce de la boëtte, il faut mettre sous nos pieds toutes les répugnances, et voter avec Codham et ses amis, du moins jusqu'à ce que la question soit vidée ! Et l'évêque me comprendra ! Mais c'est assez ! Je demande à porter une santé.

Le plus profond silence s'établit ; Harrison prit son verre, et debout, la main gauche appuyée sur la nappe, dans l'attitude d'un orateur déterminé à émouvoir une grande assemblée, il prononça le discours suivant :

« *Gentlemen and ladies !* des philosophes ont avancé avec raison que, loin d'être une frontière, les fleuves étaient les grandes routes naturelles des nations ! Quel jugement porterons-nous donc de la mer, le plus immense de tous les fleuves, et de l'Amérique, assez heureuse pour voir ses rivages enveloppés de toutes parts par cette grande voie naturelle ? »

Ici un murmure flatteur salua l'exorde. Harrison continua d'une voix plus haute :

« N'en doutez pas ! C'est par la mer que le monde sera régénéré, et c'est l'Amérique qui fera l'aumône d'un peu de sa force, d'un peu de sa vertu, d'un peu de son génie, d'un peu de sa richesse à ce vieux monde souffreteux, et particulièrement à cette misérable Europe, accablée en ce moment sous le fardeau de son ignorance, de sa misère, de son asservissement ! »

L'enthousiasme devint énorme ; les huit fils rivaient les yeux hors de la tête et buvaient coup sur coup, les six filles étaient rouges comme des petits coqs, et M. Georges Barton approuvait en grommelant de la façon la plus encourageante. Quant à madame Harrison, elle porta mélancoliquement la main à sa joue gauche, ce qui sembla indiquer l'invasion de quelque douleur lancinante. Harrison, promenant sur cette scène un sourire d'orgueilleuse satisfaction, continua en ces termes :

« C'est pourquoi, mes chers concitoyens, je vous propose un toast à notre nouvel ami, M. Charles Cabert, lui souhaitant la bienvenue dans notre pays libre, et désirant du fond de mon cœur que les observations qu'il pourra faire et l'expérience qu'il pourra recueillir l'amènent à comprendre la supériorité de nos institutions et la grandeur de notre avenir ! »

L'orateur s'assit, M. Charles Cabert s'inclina pour le remercier, et après avoir vidé son verre, il croyait tout fini, quand M. Georges Barton lui cria d'une voix de Stentor :

— À votre tour, maintenant, répondez !

« Diable ! se dit le jeune élégant, qu'est-ce que je m'en vais leur dire ? »

Tous les yeux étaient fixés vers lui ; il fallait s'exécuter.

« Mesdames et messieurs, commença l'orateur d'une voix émue, pardonnez à un étranger obligé de se servir d'une langue qui n'est pas tout à fait la sienne, bien que… dans ces temps de haute civilisation… naturellement… tous les hommes soient frères et faits pour se comprendre ! »

Ce début parut poli, et l'auditoire se montrant satisfait, Charles se sentit dans la bonne voie et poursuivit en ces termes :

« Le commerce… non !… si !… je veux dire le commerce et l'industrie éclairés par la science, et la science à son tour suivant les conseils de l'expérience, sont, dans une certaine mesure, à considérer comme les piliers de la société moderne, dont je ne crains pas d'affirmer que l'Amérique, avec ses étonnants travaux… c'est-à-dire que l'Amérique avec ses étonnants travaux éclairés par la science, est incontestablement le couronnement de la liberté !

— Hourrah ! Hourrah ! s'écrièrent Harrison, ses fils et Barton, en se démenant sur leurs chaises.

Les six jeunes filles frappaient contre leurs verres avec leurs couteaux. Charles, hors de lui d'un si beau triomphe, s'écria :

— C'est pourquoi, fier de fouler ce sol vierge de toutes les passions qui désolent des contrées moins heureuses, je vous propose la santé de M. Harrison, cet homme si honorable et si pur, de la respectable madame Harrison, le modèle des mères de famille, de mesdemoiselles Harrison, dont les grâces se peuvent passer de toutes les louanges, et enfin de MM. Harrison fils et de M. Barton, ces citoyens si éminents de la plus belle des parties du monde ! »

Charles voulait se rasseoir, mais il ne le put pas. Il fut saisi au vol par son hôte, embrassé, passé à un autre, serré dans les bras de tous les assistants, qui le déclarèrent, en hurlant, le plus « jolly boy » qu'ils eussent jamais rencontré, et ce ne fut que couvert d'applaudissements qu'il retomba enfin sur sa chaise.

Avec tout cela, il était tard. Charles songea à prendre congé ; mais il apprit que son bagage avait été apporté de son hôtel, et on le conduisit dans une chambre extrêmement confortable, où le maître de la maison, après avoir constaté lui-même que rien ne manquait à son bien-être, le laissa se mettre au lit et se reposer de cette soirée agitée.

La nuit, Charles eut une série de rêves. Il était l'évêque de Terre-Neuve, galopait sur les falaises, en grand risque de se casser les membres, à cheval sur un caribou, lequel caribou se trouvait être un prédicateur wesleyen, qui lui faisait des grimaces, et un nuage de morues salées le poursuivait, criant autour de lui pour qu'il leur fît un discours.

Une si grande agitation, surexcitée outre mesure par tout ce que Harrison lui avait fait boire, se calma vers le matin, et il dormait profondément, quand il fut réveillé par l'entrée de deux personnes dans sa chambre. Les deux personnes étaient Harrison et Barton.

— Encore couché ? dit le premier. Je suis fâché de vous tirer de votre sommeil, mais il est tard, six heures au moins, et mes affaires m'appellent. Je n'ai cependant pas voulu partir sans vous annoncer mes arrangements pour vous. Voici M. Barton, mon ami, propriétaire d'un bel établissement pour la pêche des phoques. Il part demain matin et vous emmène. Des caribous, il vous en fera chasser tant que vous voudrez, tuer de la perdrix et du courlieu, pêcher du saumon et de la truite, enfin tous les sports imaginables seront à votre disposition.

Charles voulut remercier, mais Harrison ne lui en laissa pas le temps et continua :

— Il est pressé de s'en aller ; cependant, comme nous tenons aussi, nous, à vous garder un peu, il a consenti à ne se mettre en route que cette nuit, à deux heures. Vous passerez la journée avec mes filles, et ce soir nous aurons un petit bal en votre honneur. Allons, mon garçon, frottez-vous les yeux, sautez en bas du lit, et tâchez de vous amuser, puisque vous n'avez que cela à faire !

Sans attendre aucune réponse, Harrison sortit de la chambre avec son ami, qui n'avait pas ouvert la bouche, et Charles, un peu blessé de la façon dégagée dont on disposait de lui sans consulter ses convenances, mais s'avouant toutefois en lui-même que tout était pour le mieux, ne put pas se rendormir, et prit le parti de commencer sa toilette, opération toujours longue chez quelqu'un qui se respecte, mais qu'il traîna encore plus que d'habitude, afin de faire sentir à ses hôtes l'étendue de son indépendance.

Je ne sais s'ils le comprirent ; mais quand il descendit au salon, il trouva les six jeunes filles déjà dans de brillants atours, et pas un des garçons, ceux-ci étant, comme leur père, à leurs affaires. Il fut reçu en vieille connaissance, et six jolies mains serrèrent la sienne. Les interrogations sur Paris, sur les spectacles, sur les promenades, sur la mode, commencèrent, s'animèrent, et son rôle devint assez brillant. On apporta le thé, force jambons, viande froide, pain grillé, confitures, le tout pour aider l'estomac à prendre patience jusqu'au déjeuner.

Les sœurs le servirent avec une gentillesse infinie ; cependant il aurait pu remarquer que les attentions des trois aînées n'étaient que polies, tandis que celles des trois cadettes impliquaient un certain désir de plaire.

Au plus fort de la conversation, et comme Charles essayait de dessiner, d'une main assez inhabile, le modèle d'une chemisette dont il venait de dire des merveilles, la porte s'ouvrit avec fracas, et un jeune homme très brun, avec des cheveux noirs bouclés, des yeux comme des charbons, une barbe touffue et des moustaches épaisses, se précipita dans l'appartement en poussant un grand éclat de rire. Jenny rougit profondément, se leva, marcha droit à l'arrivant, et ils se serrèrent la main avec un intérêt qui ne se dissimulait pas. Au même instant, Harrison faisait son entrée d'un autre côté.

— Bonjour, mes petites demoiselles, comment vous portez-vous ? cria le bruyant personnage si bien accueilli par Jenny. Bonjour, Harrison. Hé, vieux père, comment va cette santé ? Très bien ! tant mieux ! Tant mieux, vous dis-je ! Vivent les amours et la verte

Irlande ! Ah ! c'est vous, monsieur le Français ? Charmé de vous voir ! Nous parlions de vous tout à l'heure sur le port, et il ne s'en est fallu de rien que je ne vous aie lancé à travers les jambes un article qui, j'en suis sûr, aurait fait tomber le ministère colonial comme un capucin de cartes, et peut-être même renvoyé le Gouverneur en Angleterre avec accompagnement de pommes de terre dans le dos !

— Il s'agit de moi ! s'écria Charles au comble de l'étonnement.

— Oui, de vous ! de vous-même en propre personne ! Jenny, mon cher ange, donnez-moi une tasse de thé, je vous prie, et huit tartines !

Jenny n'avait pas cessé de regarder avec l'admiration la plus convaincue et la plus tendre le nouvel arrivé, depuis son invasion dans la chambre ; elle s'empressa de le servir, pendant qu'il continuait son explication.

— Oui, vous dis-je, j'allais vous empoigner dans mon journal l'Informateur commercial, et voilà comme j'avais l'idée de vous prendre ; je débutais ainsi :

« Les gouvernements de l'Europe, à bout de voies, réduits au désespoir par l'intrépide attitude du parlement colonial, forcés de reculer devant les manifestations redoutables d'un peuple libre, se sont décidés à recourir aux manœuvres du machiavélisme le plus effréné. Nous apprenons de source certaine, par nos correspondants de Paris… – je n'ai pas besoin de vous dire, monsieur Rupert, que je n'ai pas à Paris le moindre correspondant, mais ces choses-là plaisent aux abonnés ! – nous apprenons, dis-je, qu'un nommé Rupert…

— Cabert, dit tout bas la jolie Jenny.

— Cabert ? Je vous remercie, Jenny ! Vous êtes toujours la meilleure fille qu'il y ait au monde ! « Cabert, Robert, Rupert, Chabert, homme taré, employé depuis vingt ans dans les basses œuvres les plus révoltantes de l'inquisition politique…

— Ah çà, mais ! ah çà, mais, monsieur, s'écria Charles.

— Silence, jeune homme, laissez-moi finir. « … vient d'arriver à Saint-Jean, dans l'intention déclarée d'acheter la connivence de nos ennemis ! Nous sommons l'administration vénale qui nous opprime de nous avouer pourquoi ses conférences multipliées avec ce Ribert ? … » J'en étais là, quand on m'a appris que vous étiez des amis d'Harrison ; dès lors, vous êtes des miens à la vie, à la mort ! Ayez un procès, je suis avocat ; une querelle, je ne manque jamais mon coup ! Ne me demandez pas d'argent, je n'en ai pas ; mais prêtez-m'en si vous voulez, je ne vous le rendrai jamais ! Quel malheur que vous soyez l'ami d'Harrison !

— Mais, monsieur, ceci passe la plaisanterie ! Vous aviez l'intention de me calomnier de la manière la plus…

— Eh ! laissez donc ! laissez donc ! Si nous avions pu avec ce coq-à-l'âne réussir à ce que nous voulons, j'avais une position, moi ! J'épousais Jenny que voici, et que son crocodile de père ne me refusait pas plus longtemps, sous prétexte que je n'ai rien, et vous ne vous en portiez pas plus mal ! Mais c'est assez causer ; il faut aller au tribunal plaider pour Hogdson contre Watson ; cet imbécile-là, je dis Watson m'avait apporté sa cause le premier, figurez-vous ; mais il n'a jamais voulu entendre à me donner cinquante livres de plus que m'offrait Hogdson ; de sorte que j'ai passé à l'ennemi enseignés déployées, tambours battants, mèches allumées, cavalerie cavalcadant, canons sautants…

L'orateur se mit sur ses pieds et imita ce qu'il décrivait avec un tel entrain, que l'assistance partit d'un fou rire.

— Quel écervelé que cet O'Lary ! dit Miss Maria en s'essuyant les yeux.

— La gaieté milésienne, mes enfants ! Ah ! à propos, Jenny, avant que je parte, je vous en prie, je vous en supplie, jouez-moi « la Dernière Rose de l'été, » ça me donnera du cœur pour tout le jour.

Jenny s'assit au piano et chanta la chanson irlandaise. Charles n'y prit pas trop garde, car la conversation était plus bruyante que jamais, tandis que les deux amants s'absorbaient dans leur musique. Cependant, tout en écoutant une dissertation passionnée de Harrison sur le prix probable auquel la morue allait monter cette année, il vit qu'O'Lary, assis sur un tabouret à côté de Jenny et accroupi comme un singe, s'était caché la tête dans ses mains, et aux dernières notes du chant, quand il releva son visage, l'avocat avait des larmes plein les yeux. Il se releva brusquement, tira à lui Jenny, la considéra d'un regard plein d'amour et sortit comme il était entré.

La journée se passa à merveille. Les jeunes filles menèrent Charles à la campagne ; madame Harrison ne parut pas et il ne fut pas question d'elle. On mangea, on se promena, et on se mit à table régulièrement à l'heure du dîner, qui fut solennel. Il y avait trente-deux convives, et parmi eux des personnages marquants. Ensuite vint le bal.

Jenny dit à Charles :

— Voulez-vous me permettre un conseil ?

— Mais je vous en serai très reconnaissant.

— Ne dansez qu'avec mes trois dernières sœurs et les jeunes personnes que je vous indiquerai. Celles-là ne sont pas encore engagées ni en voie de l'être, au moins que je sache. En vous adressant aux autres, on vous laisserait faire parce que vous êtes étranger, mais vous feriez de la peine à quelqu'un.

L'idée de ménager les sentiments d'autrui parut si singulière à Charles, qu'il ne put s'empêcher de répondre :

— Mais, mademoiselle, je ne suis pas forcé de savoir que monsieur un tel s'occupe de mademoiselle une telle !

— Vous n'êtes pas forcé de le savoir, sans doute, répliqua innocemment Jenny, parce que vous êtes étranger, mais je vous le dis, et d'ailleurs, encore une fois, si vous voulez absolument danser avec quelqu'un, je suis sûre qu'on se fera un plaisir… Pourtant, ce n'est pas l'usage.

En ce moment O'Lary, décoré d'une immense cravate blanche, et montrant ses trente-deux dents par l'effet du sourire le plus jovial, s'approcha en s'écriant :

— Dites donc, Rambert, si vous voulez danser avec Jenny, ne vous gênez pas, je suis sûr qu'elle en sera très contente !

— Bien certainement, dit Jenny.

Charles se sentit blessé ; il devint rouge et dit d'un ton sec :

— Monsieur, je ne m'appelle pas Rambert, mais Cabert ! Cabert !

— Cabert ! for ever ! hourrah ! cria l'Irlandais ; et prenant Cabert par le milieu du corps, il l'éleva jusqu'au plafond de la salle, le montra un instant aux conviés, qui applaudirent, et le reposa à terre pour le serrer sur son cœur.

Jenny le détacha de cette étreinte à moitié étouffé, rouge, indigné, exaspéré, et l'entraîna au milieu de la contredanse, déjà commencée. Le mouvement le calma un peu ; il comprit le ridicule dont il se couvrirait en prenant au sérieux la façon inadmissible d'un O'Lary. Il se persuada donc de condescendre à une conversation avec Jenny, et celle-ci ne lui cacha pas que, dans son opinion, pas un homme sur la terre ne valait le petit doigt du turbulent Irlandais. Quand la musique cessa, Charles alla faire un tour dans le jardin, afin d'échapper un instant à l'horrible chaleur répandue dans les salles, où la foule s'encombrait, et il vit avec admiration un nombre considérable de couples qui, tête à tête, chacun pour soi et ne pensant qu'à soi, s'enfonçaient dans les allées sombres, ou même entraient dans un kiosque fort obscur sans qu'aucune mère, aïeule ou tante accourût pour s'en préoccuper.

« Quelles mœurs ! » se dit en lui-même Charles avec une vertueuse indignation. Mépriser ses hôtes, leurs amis, la population tout entière, lui causa une sensation ineffable. Il se sentit soulagé. On le comblait d'attentions et on l'étouffait de cordialité ; mais on l'offensait à chaque instant. Il était opprimé, et, ce qui est sans doute la plus dure des conditions, il éprouvait l'instinct secret de sa faiblesse, honorable, flatteuse même puisqu'elle provenait de la distinction exquise de sa nature, mais enfin de sa faiblesse, et partant de son infériorité vis-à-vis de ces natures brutales.

On peut imaginer que, dans les temps où les Barbares du Nord envahissaient l'Italie et, de gré ou de force, s'asseyaient dans toutes les chaises curules de l'Empire, les Romains élégants, qui réellement ne pouvaient pas prendre au sérieux des gens pareils, devraient éprouver des sentiments analogues à ceux ressentis par Cabert au milieu des hommes riches de Saint-Jean. Comme il s'enfonçait dans ses méditations avec un surcroît d'amertume d'autant plus marqué que le froissement de toutes ces robes blanches et l'écho de certaines phrases arrivant à ses oreilles lui pointaient fort sur les nerfs, une demi-douzaine de jeunes gens l'entoura, et on le pressa de venir boire un verre de vin, ce qu'il ne put refuser. Il remarqua dans la bande un officier qui lui parut assez mélancolique. Comme il lui fit l'honneur de lui trouver l'air distingué, il interrogea O'Lary à son sujet.

— Vous voulez dire O'Callaghan, répondit l'avocat en prenant une physionomie attendrie que Cabert trouva ridicule au premier chef. Pauvre diable ! il est né ici. Il est entré dans un régiment anglais. Il est devenu amoureux de cette diablesse de Kate Sullivan, la plus jolie fille de l'Amérique assurément après Jenny Harrison. Son corps a été commandé pour la Crimée, et c'était une superbe affaire, car il était à peu près sûr de revenir capitaine, sans bourse délier ; or il lui est assez difficile de délier sa bourse, par la bonne raison qu'il n'en a pas. Mais Kate lui a fait ce petit discours : « John O'Callaghan, si vous restez ici, je vous attendrai, fût-ce vingt ans. Mais si vous partez, je ne réponds de rien. »

— Et il est parti ?

— Non, il est resté. Il a permuté avec un autre officier dans une compagnie coloniale, et il n'est pas capitaine ; mais il voit Kate tous les jours et il attend.

— Il s'est déshonoré !

— Qui ? O'Callaghan ? Pourquoi déshonoré ?

— Comment ! son régiment va se battre et il reste auprès d'une femme !

— Ah ça, vous plaisantez ? Quel mal voyez-vous à cela ?

— Mais le mal, que tout le monde a dû dire qu'il avait peur.

— O'Callaghan avoir peur ? Voilà une bonne idée ! Non, mon cher et aimable petit monsieur, nous autres Irlandais nous n'avons pas peur, et nous nous soucions très peu de l'opinion des sots. C'est le colonel lui-même qui a conseillé à O'Callaghan de rester ici, et il n'y a pas un plus brave garçon dans le monde ; et celui qui dirait le contraire pourrait s'attendre à recevoir sur la figure les deux poings d'O'Lary, qui pèsent quelque chose, ou vous en répond !

Je voudrais être chez moi, dans la rue Taitbout, pensa Charles. Il en avait assez de toutes ces violences. Mais à ce moment, on vint le prévenir que Georges Barton l'attendait à la porte. Il avait vu le colosse dans le bal avec un habit noir et une cravate cerise à points bleus ; il le retrouva sur le perron en bottes de pêche montant jusqu'au ventre, avec un paletot de gros drap qui paraissait bien avoir trois pouces d'épaisseur, un cache-nez en laine tourné un nombre infini de fois autour de son cou de taureau, et un chapeau sans forme et sans couleur.

Harrison était à côté de son ami ; les huit fils d'Harrison derrière leur père, les six filles devant lui, et peu à peu tout le bal se trouva rassemblé.

— Il est deux heures du matin, dit Barton, il faut partir. Bonsoir la compagnie ! Vos bagages sont sur ma goëlette, et vous vous habillerez là pour la mer.

— Adieu donc, mon garçon ! s'écria Harrison avec un shakehands formidable. Pardon de ne vous avoir pas mieux reçu ! Encore un verre de vin ! La vieille femme a mal aux dents et m'a chargé de ses compliments. Versez pleins tous les verres ! Y êtes-vous ? Gentlemen and ladies, un hourrah pour Charles Cabert… hep, hep, hep, hourrah !

Tout le monde beugla.

— Once more ! hurla Harrison, hep, hep, hep, hourrah !

Les vitres tressaillirent, et la maison parut prête à s'écrouler.

— Maintenant, reprit Harrison, retournez danser ! J'accompagnerai mon hôte à la goëlette avec mes fils et ceux qui voudront venir.

— Nous irons tous ! cria la foule.

O'Lary se précipita tête baissée, saisit Charles par le milieu du corps, l'assit sur son épaule, et, malgré les coups de pied que celui-ci lui assénait dans la poitrine, l'emporta rapidement vers le quai ; tout suivit en vociférant des hourrahs !

Arrivé à destination, Charles fut posé à terre ; les embrassades recommencèrent.

Barton y mit fin en entraînant son compagnon et en retirant la planche qui leur avait servi à gagner la goëlette ; mais tandis qu'il manœuvrait avec les deux hommes formant son équipage, pour se débrouiller hors des nombreux bâtiments au milieu desquels il avait été mouillé et gagner la sortie du port, on entendit longtemps encore des hourrahs ! et des « Cabert for ever ! » à défrayer toute une élection anglaise.

— Allez m'ôter ces jolies choses que vous avez sur le corps, dit Barton, et mettez-vous en tenue de mer ! Voilà la cabine.

Charles trouva le conseil bon, et entra ; mais à la lueur de la petite lampe pâle qui éclairait la cellule navale, il eut beaucoup de peine à savoir où placer le pied, car le plancher était couvert de paniers de provisions de toute espèce, de bouteilles de toutes formes, bordeaux, champagne, sherry, marsala, eau-de-vie, rhum, ale, porter et spruss, dont la sollicitude d'Harrison avait pris soin d'approvisionner son voyage.

Horrible bête ! pensa Cabert, révolté plus que touché par cette munificence de mauvais goût. Il était si exaspéré contre les gens au milieu desquels il était tombé, et d'ailleurs si épuisé de fatigue, qu'au lieu de changer de vêtements et de revenir sur le pont, il se coucha et s'endormit d'un profond sommeil.

Quand il s'éveilla, il fut comme aveuglé par le jour. Il regarda sa montre. Il était midi. Mais la goëlette dansait horriblement.

Il ne manquait plus que cela, se dit le jeune homme. Un gros temps ! Probablement nous sommes en retard, car nous devrions être rendus. J'imagine que ce Barton demeure à quelques heures de Saint-Jean ; dans tous les cas, voyons un peu.

Charles s'habilla, non sans peine, en luttant contre le roulis et le tangage, et il arriva trébuchant sur le pont. Il pleuvait à verse, et le vent soufflait à décorner les bœufs. Barton était à la barre, couvert de toile cirée et fumant son cigare.

— J'ai bonne chance, dit-il à Cabert en souriant avec aménité ; si nous pouvons garder ce même vent pendant trois jours, dans huit jours nous serons chez nous.

— Comment, dans huit jours ! s'écria Charles au désespoir. Où allons-nous donc ?

— Mais sur la côte ouest, j'imagine, et, à moins que mon îlot n'ait changé de place, à quinze milles de la Baie-des-Îles. Où croyiez-vous donc aller ?

— Je croyais que votre maison de campagne était dans les environs de Saint-Jean, et si j'avais pensé…

— Maison de campagne ! Le mot est joli. Pour qui me prenez-vous ? Je vais vous faire voir des choses dont vous n'avez pas la plus petite idée dans votre Europe pourrie. D'ailleurs, puisque vous voulez chasser le caribou, il vous faut bien aller sur la côte ouest.

Le propre des gens vraiment civilisés et raffinés est de se soumettre à leur sort ; les barbares seuls sont obstinés dans la résistance.

Charles passait sa vie, depuis son arrivée dans ces tristes parages, à constater des faits révoltants, mais en même temps la nécessité de les subir ; c'est ce qu'il fit encore cette fois-là, et d'autant mieux, que le mal de mer le prit avec une violence marquée. Barton, qui lui avait proposé d'apprendre quelque chose de la manœuvre afin de se rendre utile, ce qui, disait-il, est toujours agréable, y renonça de bonne grâce quand il vit son passager étendu livide sur le pont et livré à toutes les angoisses d'une souffrance si cruelle. Il le porta sur le lit, le soigna par le punch, par le jambon cru, par le poisson cru, par la pomme de terre, et finit par laisser dormir le patient.

Comme si le temps eût été à ses ordres, le vent désiré se maintint pendant les trois jours. Peu à peu tout se calma, la pluie ne tomba plus continuellement, il y eut des éclaircies ; mais généralement une brume blanchâtre flottait sur les eaux troublées du golfe Saint-Laurent, et les côtes de la Grande-Terre étaient plus ou moins voilées dans le brouillard. Comme la goëlette ne s'en tenait pas loin, on voyait défiler les grèves stériles, les bois de sapins sans grandeur, la verdure ruisselante d'eau, les roches moussues. Ce n'était pas beau, mais très sauvage. Charles s'ennuyait à cœur joie, et regrettait de toute son âme l'idée qu'il avait eue de se singulariser d'une façon si désagréable. Il maudissait son père qui l'avait fait partir, ses amis qui l'avaient félicité de son plan, et Coralie, cause première de son malheur ; puis il s'endormait.

Le huitième jour, à quatre heures du matin, Georges Barton le réveilla.

— Allons, debout, lui dit-il, on va mouiller tout à l'heure, nous sommes arrivés ! Lucy vient au-devant de nous !

— Qui est Lucy ? demanda Charles en se frottant les yeux.

— Ma fille, donc ! répondit Barton.

Par exception, la journée s'annonçait assez belle. Les nuages ouverts laissaient voir le bleu du ciel à travers leurs déchirures. La goëlette entrait vent arrière dans une baie tranquille, formée par les deux pointes d'un îlot de rocher ; pas un arbre, pas un buisson, pas un brin d'herbe. À droite, une grève sur laquelle séchaient des morues ; à gauche, deux ou trois magasins en bois, couverts de toile goudronnée ; au fond, une assez grande maison à un seul étage, moitié pierres, moitié planches. Quelques hommes circulaient çà et là, clouant des barriques ou faisant quelque gros ouvrage. Des groupes de chiens jouaient dans l'eau, avec autant d'enfants réunis autour des barques tirées à terre. Une embarcation menée à la rame par deux jeunes filles avec la précision que les baleiniers d'une frégate de guerre eussent pu y mettre, arrivait sur la goëlette ; une autre jeune fille tenait la barre.

— C'est Lucy, répéta Barton en bourrant une nouvelle pipe, et si vous en trouvez une autre comme elle pour aller au large, par une bonne brise, aussi tranquille qu'au coin de son feu, faire son chargement de harengs là où mes hommes ne prennent rien, je lui tirerai mon chapeau à celle-là !

L'objet d'un éloge aussi enthousiaste accosta vivement la goëlette, et tandis que les deux autres filles restaient dans l'embarcation, Lucy grimpa à bord sans que son père parut même avoir l'idée de lui tendre la main pour l'aider ; il ne le fit que quand elle s'approcha de lui, et en manière de caresse cordiale.

— Eh bien, Lucy, ma bonne fille, vous allez comme à votre ordinaire ? dit Barton avec un gros sourire. Voilà un hôte que je vous amène de Saint-Jean : M. Charles Cabert, de Paris.

Lucy fit une sorte de salut un peu effarouché. Elle était habillée comme une barbare ! Une robe d'indienne bleue, un fichu de soie rouge au cou. Une servante respectable n'aurait pas voulu de ces atours. Cependant Charles, en faisant cette réflexion avec un juste mépris, ne put s'empêcher de remarquer que les yeux étaient splendides, les couleurs d'une fraîcheur nacrée et rosée incomparable, les cheveux du blond le plus avenant et d'une opulence magique, et tous les mouvements empreinte de cette grâce parfaite qui ne s'apprend pas et que la nature seule peut donner aux êtres heureux auxquels elle a accordé une taille sans défauts.

— Vous allez bien vous ennuyer avec nous, monsieur, dit Lucy en levant timidement les yeux sur le nouvel arrivant.

— Ah ! mademoiselle, répondit celui-ci… et il s'inclina, parce qu'il serait de mauvais goût de nos jours de se répandre en compliments vieillis ; c'est déjà beaucoup de les sous-entendre.

On arriva rapidement près de terre, et au moyen de l'embarcation amenée par Lucy, on descendit. Barton avait communiqué à sa fille cette nouvelle si agréable qu'il lui rapportait de Saint-Jean beaucoup de choses.

— Voyez-vous, ma chère, avait dit le gros homme, j'ai là pour vous une armoire à glace comme la reine d'Angleterre n'en a pas. Huit robes de soie et tout ce que j'ai pu trouver de chapeaux et autres fanfreluches, votre passion à vous autres, femmes ! Je vais faire débarquer le tout devant mes yeux, et je vous rejoindrai à la maison, où vous conduirez d'abord M. Cabert dans la chambre que vous jugerez la meilleure pour lui.

C'est ce qui fut exécuté. Lucy, avec l'empressement d'une maîtresse de maison pénétrée de ses devoirs, introduisit Cabert dans un appartement assez joli, tout en sapin, plancher, plafond et murailles, et après y avoir porté elle-même, en un tour de main, une table et une commode qui manquaient, tandis qu'une servante prodiguait les serviettes et autres menus détails, elle sortit et laissa Charles en possession de son domaine.

— Belle, sans doute, se dit-il, mais muette comme les poissons qu'elle fréquente, aussi sotte et ne valant pas la dernière des femmes de chambre, ô Coralie !

Il se mit à la fenêtre ; ce n'était au-dessous que roche et sable. Un peu au-delà, la mer. À droite, les côtes de la Grande Terre avec leurs sapins ; à gauche et plus au large, deux immenses montagnes de glace ; ces masses blanches semblaient clouées sur les vagues pour l'éternité.

Charles bâilla. Il eut un moment de découragement pénible. Pourtant il se secoua, et commença sa toilette avec l'intention charitable de montrer à ses malheureux hôtes ce que c'est qu'un homme élégant, afin qu'ayant joui une fois dans leur vie de cette brillante apparition, ils pussent ne l'oublier jamais.

Son travail prit du temps et avait bien duré deux bonnes heures, quand il entendit les pas de Barton dans corridor. Ces maisons de bois sont d'une sonorité désespérante, et on ne saurait remuer à un bout qu'à l'autre on ne l'apprenne.

— Je vous cherche pour déjeuner. C'est dimanche aujourd'hui, et je vous ai envoyé chercher un homme d'esprit, qui causera avec vous à la française tant que vous voudrez. C'est M. John, notre maître d'école. J'ai aperçu aussi au large la yole de mon fils Patrice. Depuis quinze jours, il chasse au Labrador. Comptez sur lui pour vous faire tuer des caribous.

Charles fut un peu blessé de ce que Barton ne parût pas sentir l'immense distinction qui sépare un homme convenablement habillé d'un autre qui n'est que vêtu.

Le fait est que le pêcheur de phoques n'y mit pas la moindre malice et n'en eut que plus tort, ce qui ne l'empêcha pas de conduire Cabert tout droit dans le salon.

Un tapis luxueux, des rideaux de soie rouge aux fenêtres, des tables de palissandre, deux corps de bibliothèque remplis de très beaux livres, et quelques vases de porcelaine avec des fleurs artificielles, une gravure représentant la mort du général Wolfe à la bataille de Québec, telles étaient les magnificences étalées dans la principale pièce de la maison de Barton. Quoi qu'en pût penser Charles, c'était le nec plus ultra du luxe réalisé jusqu'alors dans ces parages, et les gens d'imagination vive qui avaient eu le bonheur d'admirer cette installation, la considéraient comme une reproduction très satisfaisante des splendeurs de Paris et de Londres.

Assise sur un fauteuil de damas rouge, et vêtue d'une belle robe de soie avec des manches et un col de dentelles, Lucy n'était plus ni sauvage ni ridicule, et Charles ne put s'empêcher d'être frappé du charme de cette jeune fille. À côté d'elle se tenait un monsieur extrêmement maigre, à physionomie grave et maladive, mais d'une distinction si saisissante, que le jeune Parisien n'en fut guère moins étonné que des perfections nouvelles qu'il découvrait en Lucy. Cette figure austère, ce front dénudé, cette apparence ravagée lui furent un spectacle inattendu ; il eut l'instinct qu'il se trouvait en présence d'un être aussi dépaysé que lui dans ces latitudes, et cette sensation était accompagnée d'une antipathie subite et d'un mouvement d'aversion bien senti.

Ce personnage singulier était le maître d'école. Comme Cabert n'en sut jamais plus long sur son compte et n'eut pas d'autre nom à lui donner que celui de M. John, il faut, pour l'intelligence parfaite de ce qui se passa ensuite, raconter ce que M. John était véritablement.

Il se nommait sir Hector Latimer, et dans sa jeunesse avait occupé un emploi de quelque importance dans le service civil de la Compagnie des Indes, présidence de Madras. On sait que beaucoup de jeunes demoiselles anglaises, sans fortune, vont dans ces pays avec l'intention avouée d'y chercher des maris. Sir Hector fit, dans un bal donné par le 104e régiment de la Reine, la connaissance de miss Géraldine Leed, en devint amoureux et l'épousa. Un an après, et comme sa passion allait toujours croissant, il trouva un soir, sur la table de son cabinet, une lettre l'avertissant que sa femme, n'étant pas parvenue à l'aimer malgré d'héroïques efforts, s'était décidée à réclamer l'appui de M. Henry Heaton, du 11e régiment des fusiliers, et était partie avec lui pour l'Angleterre. Lady Géraldine terminait ce document, écrit de sa propre main et signé de son nom de fille, par l'assurance qu'elle conserverait toujours de la gratitude pour les bons soins de son mari, dont elle reconnaissait n'avoir jamais eu à se plaindre.

Sir Hector donna sa démission, revint à Londres, et se mit à jouer et à boire.

Il vécut avec des grooms et des gens de la pire espèce, et prenait le grand chemin de se ruiner, et peut-être de finir devant quelque cour de justice, quand, une nuit où il traversait le Strand, parfaitement ivre, le hasard lui fit rencontrer une voiture, dans laquelle il aperçut sa femme avec l'officier qui la lui avait enlevée.

Cette vue le dégrisa complètement, et la réflexion qu'il fit fut celle-ci : Au cas où elle m'a vu et reconnu, elle a contemplé un être encore plus dégradé qu'elle-même, et je n'ai rien à lui reprocher.

Quelques jours après, il fit trois parts de sa fortune : deux furent remises en son nom à ses sœurs ; la troisième, comprenant une rente de cinquante livres, dut être payée à un notaire de Saint-Jean à Terre-Neuve pour une destination inconnue. Lui-même se retira aux environs de la Baie-des-Îles, ou il s'était rappelé être venu chasser dans sa jeunesse. Cherchant un moyen aussi humble, aussi abaissé que possible d'expier ses fautes et celles des autres, il se fit maître d'école sous le nom de M. John, et rendit de grands services à la population abandonnée de chasseurs et de pêcheurs établie dans cette contrée. Il vivait du travail de ses mains autant qu'il le pouvait, et sur les cinquante livres que le notaire lui transmettait secrètement, il faisait du bien en se cachant de son mieux. En somme, sir Hector Latimer, protestant, rendait parfaitement témoignage, sans y songer, que l'esprit d'ascétisme et de rude pénitence est profondément empreint chez certaines âmes anglaises, quel que soit leur culte.

C'était l'homme qui avait déplu tout d'abord à Charles Cabert, et on ne peut là qu'admirer le tact sûr des divers tempéraments.

On passa dans la salle à manger, et on se mit à table. La beauté de Lucy préoccupait Cabert de plus en plus. Il était l'objet des attentions de la jeune fille, et cela l'enivrait ; M. John ne soufflait mot. Georges Barton parlait politique.

— À quel parti appartenez-vous ? demanda-t-il brusquement à son hôte.

— Je vous avouerai, répondit celui-ci, que je n'ai pas beaucoup d'opinions. Je laisse ce luxe à ceux qui croient à quelque chose. En général, je fuis les exagérations, et je me borne à souhaiter le progrès et le développement du bien-être matériel. En somme, je penche pour les idées démocratiques, mais je ne me lie qu'avec des hommes bien élevés.

— Quel galimatias me racontez-vous là ? s'écria Barton. Vous êtes démocrate, vous ? avec votre redingote pincée et votre raie dans les cheveux ? Allons donc ! Voulez-vous voir un vrai démocrate ? eh bien, regardez-moi, mon garçon ! Je suis des Barton du Somerset, et nous sommes passés en Irlande du temps de la reine Bess ; depuis cette époque, et cela commence à dater, il ne s'est pas donné une taloche dans le Leinster que nous n'y ayons eu part, soit pour l'appliquer, soit pour la recevoir. Mon grand-père est allé s'établir à la Nouvelle-Écosse ; mon père s'est fixé au Canada ; moi je suis venu ici dans cet îlot, que j'ai trouvé désert ; les Anglais n'ont pas le droit d'y mettre le pied, bien qu'ils en soient souverains ; et les Français qui pourraient y pêcher ne sont pas autorisés à s'y établir. Un de vos amiraux m'a dit, l'année dernière : – Monsieur Barton, vous savez que je pourrais vous forcer à quitter la place ? – Amiral, lui ai-je répondu, je le sais ; mais comme vous n'y auriez aucun profit, vous ne le ferez pas ; si cependant vous exigez mon départ, j'embarque mes engins de pêche, mes meubles et mes planches, et je vais m'établir plus haut, en dehors du détroit, sur la côte du Labrador, et, s'il le faut, vers le Groënland ! Car je ne connais ni rois, ni empereurs, ni ducs, ni présidents, ni magistrats. Je suis mon magistrat à moi-même ! Je paye ce que je dois, je prends ce qui m'appartient ; si l'on m'attaque, je me défends, et j'ai des bras pour m'en servir. Voilà ce que j'appelle un vrai démocrate !

Charles ne put retenir une grimace ironique.

— Ce que vous décrivez là, dit-il, c'est de la piraterie et du vagabondage, mais non pas de la démocratie d'après les principes.

— C'est de la démocratie américaine, mon garçon, et c'est la bonne ! Vous voulez parler de principes ? Lucy, ma bonne fille, dites-lui quelques mots là-dessus, vous qui avez été élevée à l'école de Saint-Jean, et montrez-lui que nous savons nous servir de notre langue aussi bien que ces bavards d'Européens. Ah ! voilà Patrice !

Patrice entra ; il ressemblait à son père et un peu à sa sœur Il posa son fusil dans un coin de la salle, et, sans saluer personne ni souffler mot, il s'assit et commença à manger. La conversation continua.

— Vous parliez d'amiral tout à l'heure, dit M. John d'une voix douce et qui avait quelque chose de musical ; je vous annoncerai que, pendant votre absence, Gregory a fait bénir son mariage et baptiser ses quatre enfants par l'aumônier de la frégate.

— J'en suis bien aise, répondit Barton ; Gregory et sa femme sont de braves gens et des personnes tout à fait respectables et religieuses.

— Avec quatre enfants en avance d'hoirie, fit observer le sarcastique Cabert.

— Ils n'en sont pas moins bons chrétiens pour cela, réplique Barton. Nous n'avons sur toute cette côte ni ville ni prêtre, et vous pensez bien que les jeunes gens ne s'en marient pas moins. À vingt ans, on s'aime et on s'épouse.

— Sur l'autel de la nature, dit spirituellement Cabert.

— Comme vous voudrez, mais on ne songe pas à mal. Quand un prêtre passe, souvent après plusieurs années, on lui demande son secours, et cela ne nuit à personne.

Charles ne répliqua pas ; le sérieux de Barton lui en imposait, la gravité de M. John le glaçait, la présence de Lucy le gênait pour le développement de sa pensée.

Il n'en fut pas moins très frappé de ce qu'il venait d'entendre, et cela lui fit éclore un monde d'idées.

Enfin on cessa de tenir table, on entra dans le parloir, et Charles resta seul avec la jeune maîtresse de la maison. Il était manifeste que Barton ne voyait dans son visiteur qu'un étranger, chasseur de caribous, dont il s'était chargé par obligeance et par ce goût fastueux d'hospitalité, ordinaire à tous les hommes lorsque ils ont peu d'occasion de l'exercer. Mais l'impression produite par la vue du Français sur l'esprit de la jeune fille avait été, dès l'abord, d'une nature différente, et, pour être sincère, il faut avouer que, dans son âme et conscience, Lucy lui avait rendu pleine justice et l'avait trouvé charmant. Comme Cabert ne ressemblait en aucun point aux hommes qu'elle avait pu voir jusqu'alors, il représentait pour elle, à un degré suprême, cette apparition de l'inconnu, toujours si puissante sur les imaginations féminines. Il était de taille médiocre, et elle ne connaissait que des géants ; sa figure un peu pâle, ses cheveux fins et rares, sa moustache à peine dessinée, ses favoris clairsemés donnaient à la jeune Irlandaise l'idée d'une délicatesse de nature qui lui sembla presque angélique, en même temps que l'accent un peu aigre de la voix, le plus souvent timbrée par l'ironie, lui parut indiquer, d'une manière certaine, l'expression de pensées décidément supérieures. Ce qui était fort, étant constamment sous ses yeux, lui paraissait vulgaire.

Une nature mince et débile devait être le comble de la distinction, et avec cette rapidité d'expression, de sentiment, de résolution qui envahit les êtres voués à la solitude et à la monotonie, elle décida que Charles Cabert était, à n'en pas douter, une créature d'élite, sinon venue du ciel, du moins parente de celles qui en étaient venues, et que le plus souverain bonheur qui pouvait échoir à une femme dans ce monde et dans l'autre devait être de se voir aimée d'un pareil héros de roman.

Quand, dans les villes d'Europe, une jeune fille bien née est, par hasard, touchée d'une intuition de cette espèce, elle sait qu'elle n'a qu'une seule chose à faire, qu'elle n'a au monde qu'un devoir, et un devoir le plus impérieux de tous les devoirs, c'est de penser ce qu'elle peut, mais, avant tout et surtout, et quelle que soit sa conviction, de n'en rien montrer. Sa considération, son honneur, son prestige est à ce prix. Tous les codes féminins dont elle a pu entendre parler sont précis sur cet article. Il n'en va pas de même dans le nouveau monde. Si une femme aime un homme, elle désire l'épouser ; si elle veut l'épouser, il faut qu'elle se charge directement de cette affaire, car c'est une affaire, et la plus sérieuse, et la plus positive qu'elle puisse jamais conduire. Elle se trouve exactement dans la position d'un jeune débutant dans la vie qui préfère la marine au commerce, ou un régiment à un tribunal.

Il faut qu'elle cherche à acquérir celui qu'elle a choisi, comme le candidat doit faire tous ses efforts pour gagner son épaulette ou tout autre insigne de la profession par laquelle il est séduit. Si Juliette aspire à Roméo, il faut qu'elle s'arrange de façon à réussir par elle-même et le plus vite possible. Le vieux Capulet n'interviendra que pour offrir sa bénédiction.

Je dois le dire, Lucy ne perdit pas une minute. Elle ne pensait pas vouloir rien de déraisonnable ni de douteux. Elle aimait Charles, elle prétendait l'épouser au plus vite, et ne supposait pas que ce vœu impliquât rien dont son idole pût être offensée, car elle se savait digne d'être acquise : belle, courageuse, dévouée, tendre, fidèle comme l'or. Pourquoi hésiter ? Si le jeune Français ne voulait pas d'elle, il le dirait, et tout serait fini. Il n'y a que les pédants qui prétendent que la logique est la même partout ; les idées sont des carrefours d'où descendent une grande quantité de routes fort divergentes.

Charles s'aperçut d'abord des bonnes intentions de Lucy à son égard ; mais, partant de la même impression qui agissait sur la jeune fille, il suivit une voie tout autre. Il pensa que, dans un pays où on se mariait provisoirement, risque à ne rencontrer un prêtre et sa bénédiction qu'un nombre illimité d'années après l'union, il était tout à fait explicable que les jeunes demoiselles eussent du goût pour le premier venu.

La fille de Georges Barton était une charmante personne, et bien plus excusable, dans le cas présent, que toutes ses compagnes, attendu qu'elle était soumise à une tentation difficile à surmonter. Un Parisien orné de ses grâces, perfectionné par la vie élégante, connaissant à fond les passions, ayant le revenant bon de ses expériences, une pareille perle échouant sur les rives sauvages de la Baie-des-Îles, quelle merveille qu'une jolie main voulût se saisir d'un tel trésor ! Le trésor se prêtait à être ramassé, mais non pas serré dans un écrin, mis sous clef, gardé à jamais. L'amour est l'amour, il dure, il ne dure pas, il flambe, il fume, il s'éteint, il se rallume. Que diable ! on ne sait ce qu'il devient, et il ne faut pas se lier.

— Non, mademoiselle, répondit Charles en souriant à une question que lui adressait Lucy d'un air ému, non, je vous l'avoue, je n'aime pas la poésie, et en général je ne lis jamais rien ! Je suis essentiellement ce que vous appelez en Amérique un homme pratique. Je déteste les rêves et ne me plais qu'aux réalités. Je n'ai jamais lu ni Byron ni Lamartine, et Musset m'ennuierait beaucoup si je le trouvais sur ma table ; je ne le tolère qu'au théâtre, où l'on peut au moins, pendant la pièce, regarder dans les loges si les femmes sont jolies, ou causer avec ses voisins. Laissons cela ; les idées de chacun n'ont pas besoin de messieurs qui accouplent des rimes pour dire des fadaises, et quand mon cœur est possédé par un sentiment sincère, surtout alors je trouve ces niaiseries extrêmement rebutantes.

— Est-ce que vous aimiez quelqu'un ? demanda Lucy d'un air intéressé.

— Je ne suis pas parvenu jusqu'à vingt-trois ans, répondit Charles, sans avoir horriblement souffert. J'ai aimé, j'ai cessé d'aimer, et sans doute le souvenir des tortures que j'ai éprouvées m'aurait détourné à jamais d'affronter de nouvelles épreuves, si je ne sentais en ce moment...

Lucy rougit et eut une impression de joie céleste.

— Vous n'aurez pas été fidèle ? dit-elle avec un sourire que la pauvre enfant voulut rendre malicieux.

— Tellement fidèle, tellement dévoué, que je ne suis ici, auprès de vous, que par ce motif. J'ai tout abandonné, famille, patrie, fortune, bien-être, pour fuir un souvenir déchirant. Mais vous avez raison. Hier, j'étais au désespoir, et, puisque vous voulez la vérité, aujourd'hui je ne le suis plus !

Les choses, comme on voit, allaient vite, et la question se développait, quand M. John entra. Il venait chercher Charles de la part de M. Barton pour lui faire visiter le jardin, et les établissements de pêche, et les cuves pour la fonte des huiles provenant de la dépouille des phoques.

« Que le diable l'emporte ! » pensa Charles.

— À ce soir, dit-il à Lucy.

— À ce soir ! lui répondit-elle ; et il y avait des deux côtés, dans ces simples mots, un monde de promesses différemment entendues.

Quand Charles eut fait quelques pas avec M. John, celui-ci lui dit de cette voix douce et pénétrante qui lui était particulière :

— Monsieur, je pas l'honneur d'être de votre connaissance, et vous auriez le droit de trouver mauvais mon intervention dans vos affaires ; mais mon âge me prête quelques prérogatives, et dans votre intérêt, je vous engage a ne pas vous croire ici dans un salon d'Europe.

— Je ne m'y crois pas non plus, monsieur ! répliqua Charles avec cet accent d'ironie qu'il maniait à la perfection. Il me faudrait une puissance d'illusion que je ne possède pas !

— C'est donc à merveille, repartit froidement M. John ; buvez, mangez, chassez, amusez-vous de ce qu'on vous offre, mais ne commettez pas de méprise, vous n'en comprenez pas les conséquences.

— Ce que je ne comprends pas, c'est votre discours. Voulez-vous que j'en demande l'explication à M. Barton ?

Le maître d'école se mordit la lèvre ; Charles pensa que c'était de crainte, et il en rit bien en lui-même, car il croyait deviner que le vieux bonhomme, malgré sa maigreur et son air éteint, avait sournoisement pris feu pour Lucy, et, comme le chien du jardinier, empêchait les autres de manger le dîner auquel il ne pouvait toucher lui-même. Pendant qu'il s'applaudissait de sa sagacité, de sa pénétration et de sa résolution, Barton s'approcha avec son fils Patrice.

Il fit faire à Charles le tour de l'îlot, lui en détailla les curiosités, entre autres un carré de quinze pieds environ, où, au moyen de quelque peu de terre à peu près végétale apportée de loin, on avait réussi à faire pousser une demi-douzaine de choux et des plants de rhubarbe. La visite générale achevée, on retourna se mettre à table pour attendre le dîner.

Lucy allait et venait, mais à chaque instant quelque pêcheur, les femmes, les filles de ces messieurs, toutes avec des chapeaux à fleurs et des robes de soie des coupes les plus extravagantes, entraient, s'asseyaient, causaient ; ces hommes étaient beaux, ces femmes étaient charmantes ; il y avait autant d'honnêteté et de courage dans la figure des premiers que de modestie et de candeur dans celle de leurs compagnes ; c'était à merveille ; mais Charles s'impatientait de voir sa conversation avec Lucy souffrir tant de retardements.

« Quand je leur dirai à Paris, pensait-il, ce qui m'arrive ! C'est-à-dire, en vérité, que je suis comme le fameux César : je suis venu, j'ai vu, ou plutôt on m'a vu, et j'ai vaincu ! Le tout, non pas en un jour, mais en douze heures, si je puis seulement parler encore un instant à cette charmante entraînée ! Ma foi, ces anciens drôles, Richelieu et Lauzun, je voudrais bien savoir ce qu'ils eussent fait de mieux ! »

Enfin, à force de manger pour attendre le dîner, le dîner arriva.

On se livra sérieusement aux occupations multipliées qu'il vint présenter, et comme M. John devait s'en retourner le soir à la Grande-Terre, Barton et Patrice, qui n'avait pas ouvert la bouche depuis le matin, et dont c'était si bien l'habitude que personne n'y prenait garde, se chargèrent de reconduire le maître d'école dans une embarcation. Charles, à sa joie extrême et presque avec émotion, bien qu'il eût tenu à honneur de n'en pas convenir, se trouva seul avec Lucy.

Il jugea, en homme de guerre consommé, qu'il ne fallait pas là perdre son temps en manœuvres stratégiques, mais bien tout enlever d'un coup de main.

— Écoutez-moi, mademoiselle, lui dit-il d'un ton pénétré ; les âmes comme les nôtres n'ont pas besoin de phrases et ne veulent pas d'hypocrisie ; vous et moi, nous sommes au-dessus de pareilles sottises. Comme je vous l'ai dit ce matin, j'ai aimé ! J'ai aimé une femme divine, parée de toutes les séductions que les arts et l'intelligence peuvent prêter à une créature humaine. Des circonstances, sur lesquelles je ne pourrais m'appesantir sans que mon cœur se brisât, nous ont séparés à jamais. Voulez-vous de cette âme souffrante que je dépose à vos pieds ? Voulez-vous me faire oublier un passé que je maudis, et m'ouvrir, de cette main charmante, un avenir plein de félicité et des aspirations les plus pures vers l'idéal ?

Ce n'était pas là absolument ce qu'il se figurait ; mais la phraséologie moderne exige ces transpositions de sens.

Malheureusement, Lucy n'était pas avertie, de sorte qu'elle répliqua fermement :

— Je vous aimerai si bien, que vous ne regretterez personne ; et si quelquefois je sens, malgré moi, combien je suis inférieure à cet objet sublime de votre ancienne affection, ce ne sera que pour éprouver plus de reconnaissance devant Dieu, et de joie en moi-même de l'honneur que vous m'aurez fait.

— Ah ! Lucy, s'écria Charles, mon destin est fixé à vos pieds !

— Pour jamais ! répondit Lucy.

En ce moment Patrice entra, et, s'asseyant dans un fauteuil, regarda fixement Charles Cabert, qui, malgré lui, sentit un léger frisson et fut tout près de perdre contenance.

— Que vous êtes revenus vite ! lui dit Lucy. Vous n'êtes donc pas allés à la Grande-Terre ?

Patrice leva les épaules et montra la fenêtre. Lucy s'aperçut alors qu'il y avait un coup de vent. Presque aussitôt Barton parut avec M. John, et comme tout ce monde ne quitta plus le salon, il n'y eut plus d'entretien particulier possible ; seulement, la joie de Lucy était si évidente, elle prenait si peu soin de la cacher, elle avait pour Charles des attentions, des coquetteries et presque des tendresses si vives, que celui-ci en éprouvait le plus cruel malaise, et, en lui-même, se laissait aller à qualifier sévèrement une franchise de si mauvais goût ; il ne fut donc pas autrement fâché quand Barton, après avoir sommeillé toute la soirée, déclara, en s'étirant avec un bâillement formidable, qu'il était temps d'aller se coucher, et on lui obéit.

Charles avait une nature trop fine et trop nerveuse pour s'endormir brusquement, comme les gens grossiers dont il était entouré. Il eût volontiers entonné un chant de triomphe, s'il n'avait professé pour les manifestations bruyantes le plus juste mépris. L'îlot de Barton lui faisait aussi l'effet d'une île enchantée, et il se rappelait quelque chose qu'il avait lu dans la Bibliothèque des chemins de fer sur les enchantements de Tahiti et des territoires adjacents.

Il ne pouvait s'empêcher de rire en pensant à l'effet qu'il allait produire à son club, quand il raconterait ses aventures par terre et par mer. Naguère, il avait compté modestement sur ses exploits contre les caribous ; mais il en aurait bien d'autres à étaler ! Réellement, il vit passer devant ses yeux tant d'images ravissantes, que son imagination en était tout illuminée dans les ténèbres de la nuit, et en dépit de lui-même, de cette nature correcte dont il faisait gloire, il faut le déclarer, il fut poète ! et tellement poète, que le matin à six heures, ne tenant plus dans son lit, il s'habilla pour aller sur les grèves mirer son bonheur dans celui de la nature, qui, partout et sous toutes les latitudes, est heureuse.

Il passait devant la porte du salon, quand cette porte s'ouvrit toute grande, et il se trouva en face de Georges Barton et de son fils. Les deux géants le regardèrent avec des yeux étincelants de joie, et l'orgueil du bonheur peint sur leurs larges figures.

— Donnez-moi votre main, mon brave garçon, donnez-la-moi ! Donnez-la à Patrice ! Je vous ai aimé tout de suite ; j'ai deviné d'abord, à Saint-Jean, ce que vous valiez, et c'est le ciel qui m'a conduit au-devant de vous ! Asseyez-vous là ! Que je suis bête ! Un vieux loup comme moi s'émouvoir à ce point ! Mais pardonnez au pauvre Barton ! Quand vous serez père vous-même, vous comprendrez ces sottises-là !

« Qu'est-ce qu'il veut dire ? » se demanda Charles.

— Figurez-vous, continua Barton, qu'hier au soir, après votre départ, cette folle de Lucy m'a embrassé en pleurant, et m'a dit une quantité de choses auxquelles j'ai commencé par ne rien comprendre ; à la fin pourtant, elle a conclu, et j'ai compris que vous étiez tous les deux engagés !

Charles rougit, se troubla, mais ne trouva pas un mot à articuler.

Barton poursuivit :

— Eh bien, vous avez raison ! Une meilleure fille, un plus grand cœur que Lucy ne se rencontre pas dans l'univers, et je vous vois plus d'esprit dans votre pouce pour avoir deviné cela du premier moment, que tous les philosophes des deux mondes n'en ont dans leur cervelle ! C'est une bonne affaire pour vous ; mais je sais que c'en est aussi une fort bonne pour elle. Le vieux Harrison me l'a confié ! Votre père est riche, et vous l'êtes vous-même ! Voici ce que j'ai arrangé de mon côté avec Patrice. Je pense que cela vous conviendra, car nous sommes des Barton du Somerset, et je n'entends pas que Lucy se marie comme une mendiante. Nous partirons tous demain sur la goélette pour Saint-Jean ; l'évêque lui-même vous mariera ; nous vous donnerons tout ce que nous avons dans la banque et nos actions sur le chemin de fer d'Halifax ; vous monterez une maison de commerce pour l'exportation des huiles, et que je sois pendu, mon garçon, si, avant que votre fils aîné fasse sa première communion, nous n'avons fait entre nous la plus belle fortune de la colonie !

En traçant ce tableau enchanteur, Barton s'exaltait, et Patrice, qui n'en parlait pas davantage, riait silencieusement en balançant la tête de l'air le plus approbateur.

Charles, épouvanté au plus haut point, et sentant le danger sur lui, la gueule ouverte, lui soufflant au visage, comprit que, s'il ne voulait être dévoré, il n'avait juste que le temps de se mettre en défense.

— Mais, mon cher monsieur Barton, s'écria-t-il, je ne vous comprends pas bien ! Je crains qu'il n'y ait en tout ceci un grave malentendu dont je serais désolé, croyez-le bien !

— Quel malentendu ?

— Je veux dire un malentendu qui fait que nous ne nous entendrions pas !

— Vous n'êtes pas engagé à Lucy ?

— Je ne lui ai jamais dit…

— Qu'est-ce que vous ne lui avez pas dit ?

— Je ne lui ai pas dit que je comptais… D'ailleurs, vous savez, dans tous les cas, il faudrait que je prévinsse mon père, et, sans son averti, je ne saurais réellement… Il y a des résolutions graves que… Certainement, j'ai pour mademoiselle Lucy une admiration… Mais je croyais que l'usage de ces îles…

— Lucy ! cria Barton.

Lucy entra presque aussitôt.

— Fais-le s'expliquer, dit le père ; je ne comprends pas un mot à ce qu'il dit.

Lucy regarda Charles avec de l'amour plein les yeux et une candeur absolue. Charles en conclut que c'était un monstre de calcul, de perfidie, de dissimulation, et il se jugea dans un piège. L'amour-propre irrité l'excita, et il dit brusquement à la jeune fille :

— Comment ! mademoiselle, est-ce que j'ai prononcé le mot de mariage avec vous ? Est-ce que je vous ai dit que je voulais vous épouser ?

Lucy devint pâle et balbutia :

— J'ai entendu que vous m'avez offert votre âme, et vous m'avez dit que votre destin était fixé à mes pieds, alors…

— L'avez-vous dit, en effet ? interrompit Barton.

Le géant avait prodigieusement rougi, et Patrice, qui s'était levé et s'approchait d'un pas lent, montrait aussi une physionomie peu avenante ; Charles les regarda, et se trouva dans la position exacte d'un moineau entre deux milans. Pourtant il se roidit et, en essayant de rire, il répliqua :

— Mademoiselle, je vous demande bien pardon, si vous y tenez ; mais il me semble que, pour une phrase sans importance, vous m'attirez là une scène tout à fait singulière.

— Ah ! dit Lucy.

Elle mit la main sur son cœur et tomba sur une chaise, mais elle ne s'évanouit pas. Barton repoussa rudement Patrice, qui arrivait droit sur Charles, dans je ne sais quelle intention.

— Monsieur Cabert, dit le pêcheur de phoques, vous avez voulu tromper une honnête fille. Cela ne se fait point dans nos pays, et je ne crois pas que la loi de Dieu le permette nulle part. Si, maintenant, moi qui suis le père de Lucy, et Patrice, qui est son frère, nous menions M. Charles Cabert, ici présent, dans une barque, et que, pieds et poings liés, avec deux pierres de quatre-vingts livres attachées au corps pour assurer son équilibre, nous allions le jeter à une lieue au large, qu'en penserait M. Charles Cabert ?

Charles Cabert était assurément un garçon de courage ; mais on ne saurait nier qu'il éprouva à ces paroles un sentiment désagréable. Il s'écria pourtant, bien que d'une voix un peu chevrotante :

— Monsieur Barton, si vous agissiez de la sorte, vous savez que l'officier commandant la station navale française viendrait vous en demander compte.

— Vous voulez plaisanter, mon cher monsieur Cabert ! Votre officier ne passera que dans un an, et je vous prie de me faire connaître par quels moyens il serait informé de votre triste sort. Vous êtes dans mes mains, monsieur ; vous êtes… peu de chose, monsieur, et si je ne vous écrase pas comme un ver, c'est que je vaux mieux que vous, monsieur !

La porte s'ouvrit, et M. John entra. Ce fut pour Charles un tel surcroît d'humiliation et de chagrin, vu l'antipathie qu'il avait éprouvée d'abord pour le maître d'école, que peu s'en fallait que, dans son désespoir, il n'éclatât en bravades, surtout quand il entendit Barton exposer le cas au nouveau venu, dans des termes crus et peu ménagés, et en prêtant à son malheureux hôte les intentions les moins droites. Je ne sais si réellement celui-ci les avait eues, mais ce lui était une raison pour désirer d'autant moins les voir étalées devant ses yeux.

— Mon cher Barton, ma chère Lucy, s'écria M. John en souriant, et le rire avait une expression si singulière sur ses traits, qui n'y semblaient pas accoutumés, que cela seul commandait l'attention ; comment avez-vous pu sérieusement vous méprendre à l'amabilité toute française et toute bienveillante de cet excellent jeune homme, M. Cabert ? Comment avez-vous pu croire qu'il ait été capable d'une action aussi noire, aussi contraire au respect de l'hospitalité, que celle que vous lui prêtez ?

— Mais ; reprit Barton, ne vous ai-je pas dit…

— J'entends bien ; mais là, vous êtes par trop sauvage, mon cher Barton ; et vous, Lucy, revenez donc à vous, mon enfant !

En parlant ainsi, il prit la main de la pauvre fille, la serra, et la garda quelque temps dans les siennes, pendant qu'il fixait ses yeux sur les siens avec persistance. Il continua :

— Si vous accusez de tant de crimes les gens qui disent à une femme : Je suis à vos pieds… je vous offre mon cœur… et autres billevesées pareilles, c'est que vous n'avez pas la plus légère teinte des façons de parler du grand monde.

— Le diable les emporte ! cria Barton avec colère.

— Voyons, mon enfant, continue M. John en serrant de plus en plus la main de Lucy, rappelez-vous bien… qu'est-ce que M. Cabert vous a dit, en somme ?

— Pas grand-chose, murmura la jeune fille d'une voix faible, et je crois, en effet, que je me suis trompée.

En prononçant ces derniers mots, les larmes lui vinrent avec tant de force, qu'elle cacha son visage dans son mouchoir et sortit en sanglotant. Patrice alla d'abord vers la fenêtre, tambourina quelque peu sur les vitres, et quitta la chambre pour aller rejoindre sa sœur. Barton se promena de long en large, puis tout à coup marcha droit à Charles, et lui tendant la main :

— Monsieur Cabert, lui dit-il, je vous demande pardon. Cette petite fille s'est trompée et m'a trompé moi-même. Voilà tout ce que je peux vous dire – mais comme, franchement, nous ne sommes pas faits aux belles manières, et que ma Lucy aurait de la peine à vous voir désormais, vous m'obligeriez si vous vouliez vous en aller, je ne vous le cache pas.

— Très volontiers, répondit Charles.

Il ne fit qu'un bond jusqu'à sa chambre, ferma sa malle, et, sous la conduite de l'odieux M. John, qui lui était plus odieux que jamais, il gagna la Grande-Terre, où une goëlette marchande le prit et l'amena à Halifax, d'où il regagna l'Europe.

Il n'avait ni tué ni vu des caribous ; mais il croyait avoir échappé aux amabilités et aux pièges des horribles pirates du nouveau monde, et il s'en félicita longtemps. Ce qu'il racontait surtout, de jugements sur Lucy, M. John et le vieux Harrison, était à faire dresser les cheveux sur la tête.